Adolf Dieterich

Der Krebs des Gebärmutterhalses als Complication der Geburt

Antigonos

Adolf Dieterich

Der Krebs des Gebärmutterhalses als Complication der Geburt

Unveränderter Nachdruck der Originalausgabe von 1868.

1. Auflage 2024 | ISBN: 978-3-38614-438-4

Antigonos Verlag ist ein Imprint der Outlook Verlagsgesellschaft mbH.

Verlag: Outlook Verlag GmbH, Zeilweg 44, 60439 Frankfurt, Deutschland, info@outlook-verlag.de
Vertretungsberechtigt: E. Roepke, Zeilweg 44, 60439 Frankfurt, Deutschland
Druck: Libri Plureos GmbH, Friedensallee 273, 22763 Hamburg, Deutschland

Der

Krebs des Gebärmutterhalses

als Complication der Geburt.

Inaugural-Dissertation

welche mit Genehmigung

der medicinischen Fakultät hiesiger Universität

zur Erlangung der Doctorwürde

den 25. April 1868 Vormittags 10 Uhr

in der grossen Aula

gegen die Opponenten

R. Braune, med. et chir. Drd., **M. Bröer**, med. et chir. Drd.

öffentlich vertheidigen wird

Adolf Dieterich.

BRESLAU.

Druck von Heinrich Lindner, Albrechtsstrasse. 29.

Seinem hochverehrten Lehrer

dem Medicinalrath

Herrn Professor Dr. O. Spiegelberg

in tiefster Ehrfurcht

gewidmet

vom Verfasser.

Der mächtige Fortschritt der medicinischen Wissenschaft in allen ihren Zweigen hat in neuerer Zeit eine zahlreiche Literatur zu Tage gefördert, und man sollte dem meist bedeutenden Umfange der einzelnen Werke nach eine erschöpfende Darstellung selbst von Details in ihnen erwarten. Allein da der Inhalt nicht immer im gleichen Verhältniss zum Volumen steht, so finden sich doch noch zahlreiche nicht unwichtige Punkte vor, welche in den Handbüchern entweder übergangen oder nur einer sehr oberflächlichen Beachtung gewürdigt werden.

In der Gynäcologie gilt diese Thatsache im vollen Umfange. Dieser Zweig unserer Wissenschaft hat sich in neuerer Zeit mehr der operativen Technik als dem dankbarsten Felde zugewendet und die schönsten, früher nie geahnten Resultate erzielt. Schon die Thatsache, dass die gynäcologische Operation sich nicht mehr in den Händen Einzelner befindet, sondern ein Gemeingut geworden ist, dass jetzt jeder praktische Arzt, wenn er die Lust und den Willen hat, beispielsweise eine Fistel heilen kann, ist als ein wesentlicher Fortschritt zu bezeichnen. Dagegen sind die chronischen Krankheiten des Uterus und seiner Annexe, welche allerdings die Geduld des Arztes wie der Patientin auf eine harte Probe stellen, mehr stiefmütterlich behandelt und namentlich in ihrem Einflusse auf die Geburt noch nicht gehörig gewürdigt worden. Unter diese Kategorie gehören auch die Neubildungen und vor allem die malignen Neubildungen des Uterus, die verschiedenen Formen des Carcinoms. Es kommt allerdings glücklicherweise nicht häufig vor, dass die Geburt durch Krebs der Gebärmutter komplicirt wird, allein dies ist kein Grund, dass die bedeutendsten Lehrbücher dasselbe übergehen oder nur mit wenigen Zeilen als grosse Seltenheit abfertigen, ohne genügende therapeutische Regeln aufzustellen. Es könnte entgegen gehalten werden, dass bei der Malignität des Uebels eine Discussion über die verschiedenen Methoden unwichtig wäre, und dass bei der Verschiedenheit des Vorkommens des Carcinoms in Bezug auf Zeit, Sitz, Beschaffenheit allgemein gültige operative Vorschriften überhaupt nicht gegeben werden könnten. Allein es existiren einerseits Fälle, wo nach der auf operativem Wege bewirkten Geburt das Leben der Mutter noch Monate lang erhalten wurde. Andrerseits handelt es sich nicht blos darum, die Nützlichkeit der einzelnen Heilmethoden in Bezug auf die Mutter festzustellen, sondern auch den sichersten Weg einzuschlagen, um das Leben des Kindes zu retten, und hier wird namentlich die Frage über die Anwendung des Kaiserschnittes zu erörtern sein.

Zwei Geburten, welche mit Krebs des Gebärmutterhalses complicirt in den jüngst verflossenen Semestern in der geburtshilflichen Klinik zu Breslau beobachtet wurden, sind mir durch die Güte meines hochverehrten Lehrers, des Herrn Medicinalraths Professor Dr. Spiegelberg zur Disposition gestellt worden. Sie bilden fast die einzige Grundlage meiner Darstellung, denn ausser einem von Spiegelberg in der Monatsschrift für Geburtskunde und Frauenkrankheiten mitgetheilten Falle und sehr spärlichen mehr statistischen Notizen in West's Lehrbuch der Frauenkrankheiten hat sich wenigstens in deutschen Werken nirgends eine Darstellung der durch das Carcinom bei der Geburt verursachten Schwierigkeiten und des erforderlichen Heilverfahrens auffinden lassen.

Das makroskopische Verhalten der Carcinome.

Der Krebs beginnt bekanntlich in der grössten Mehrzahl der Fälle am Gebärmutterhalse und schreitet erst von da auf den Körper vor, sehr selten ist dieser der ursprüngliche Sitz. In Bezug anf Häufigkeit des Vorkommens nimmt nach einigen Autoritäten das Medullarcarcinom die erste Stelle ein, während nach anderen der epithelialen Form oder dem Cancroid der Vorrang zugestanden werden muss; jedenfalls erscheint der Scirrhus ihnen gegenüber sehr selten. Diese Formen zeigen nicht blos ihrer histologischen Zusammensetzung nach Unterschiede, sondern verhalten sich auch makroskopisch und der Art ihres Verlaufes nach wesentlich anders, ein Umstand, der für den Fall einer Komplikation mit Geburt von Bedeutung ist.

Das Cancroid kann parenchymatös beginnen oder eine von den Papillen des Muttermundes ausgehende oberflächliche Wucherung sein. Letztere Form bezeichnet man ihres Aussehens halber auch als Blumenkohlgewächs (cauliflower). Meist von einer Lippe ausgehend ragt es als polypöse, lappige, zottige, gestielte Wucherung in die Scheide hinein und da es die Grösse eines Apfels und darüber erreichen kann, so ist es im Stande, ihr Lumen beträchtlich zu verengen.

Beginnt das Cancroid im Parenchym, so erscheint es als harte, knotige Infiltration, welche sich ausbreitet und zur Vergrösserung des befallenen Theiles führt. Es erreicht die Schleimhaut und nimmt den Charakter einer hartnäckigen, destructiven, aber mehr oberflächlichen Ulceration an.

Der Fungus beginnt stets im Gewebe des Cervix selbst und gleicht anfangs dem parenchymatös beginnenden Cancroide. Die Muttermundslippen nehmen an Umfang zu, werden hart, knotig, unregelmässig und elastisch gespannt. Sehr bald aber zeigt sich die Tendenz zu Ulceration und Zerstörung, und zwar eher und schnellere Fortschritte machend, als beim Cancroide.

Diese in ihrer vollkommenen Ausbildung charakteristisch verschiedenen Arten des Carcinoms haben alle gewisse ähnliche Processe durchzumachen. Anfangs findet man beim Einschneiden in die befallenen Theile das normale Uterusparenchym durch weissliche Krebssubstanz infiltrirt oder stellenweise ganz verdrängt, in der Regel näher der

Schleimhautfläche, als der äusseren serösen Wand. Bald aber tritt Erweichung der anfangs harten Neubildung ein. Es bildet sich ein zerklüftetes Geschwür mit erhabenem, oft wallförmig aufgeworfenem indurirtem Rande und missfarbigem, übelriechendes Secret absonderndem Grunde. Diese Geschwüre verbreiten sich oft sehr schnell und führen zur Zerstörung der kranken Theile. Zwar bilden sich Granulationen in der Tiefe, welche die Heilung anstreben, allein sie sind einem raschen Zerfalle unterworfen, und die berstenden Blutgefässschlingen, welche sie enthalten, geben zu beträchtlichen Blutungen Veranlassung. Endlich ist das Ganze in eine faulige, stinkende, morsche Masse verwandelt, welche einen jauchigen, äusserst übelriechenden Ausfluss aus der Vagina unterhält und bei der geringsten Berührung zerfällt und blutet.

Ausser dieser Tendenz zum Zerfall hat das Carcinom noch die Neigung, die Nachbargewebe in den degenerativen Process hineinzuziehen, in dem gegebenen Falle also abgesehen von dem Uebertritt auf den Gebärmutterkörper namentlich die Scheide zu ergreifen. Diese verschiedenen Zustände der Entwickelung, wie sie sich grade beim Eintreten der Geburt finden können, zu betrachten, ist von Wichtigkeit, denn es liegt auf der Hand, dass bei einer cancroiden Wucherung der vordern Lippe andere Maassnahmen zu treffen sein werden, als wenn beispielsweise die ganze Scheide krebsig entartet ist.

Man kann zwei Hauptgruppen aufstellen, in denen sich das Carcinom bei der Geburt präsentirt, obwohl beide vielfach in einander übergehen. Die eine, wo namentlich die Neubildung und Hypertrophie, die andere, wo der Zerfall in den Vordergrund tritt.

Zur ersten Gattung gehört das Blumenkohlgewächs, welches man, wie schon früher erwähnt, als lappige, gestielte Neubildung in die Vagina hineinragen fühlt. Meist geht es nur von einer Muttermundslippe aus und das Gewebe unter der Schleimhaut ist oft noch nicht verändert.

Oder die eine, meist die vordere Lippe, ist nach allen

Dimensionen vergrössert, hart, knotig, elastisch gespannt und geht scharf in die hintere Lippe über, welche schwer zu fühlen, normal gross und wenig erkrankt oder gesund ist. Dieser Befund kann dem Medullarcarcinom wie dem Cancroide in ihrem Entwickelungsstadium angehören.

Den Uebergang zur zweiten Gruppe bilden diejenigen Fälle, in denen eine Muttermundslippe zerstört, die andere krebsig infiltrirt und meist nur wenig vergrössert ist. Am meisten aber tritt der Zerfall in den Vordergrund, wenn beide Lippen zerstört sind, und der Eingang in den Uterus durch eine kraterförmige Oeffnung mit harten, wulstigen Rändern gebildet wird. Diese letztere Form wird namentlich dem Fungus angehören. Doch finden sich mannigfache Uebergangsformen. Auch bei den cancroiden Formen kann Zerfall stattfinden, oder derselbe kann beide Lippen mehr gleichmässig betroffen und sinuöse, leicht blutende Geschwüre erzeugt haben. Ausserdem kommt sehr häufig Adhärenz des Scheidengewölbes an eine oder beide Muttermundslippen vor und krebsige Infiltration der Scheide auch ohne Adhärenz, sowohl der Schleimhaut als des Parenchyms. Erstere sieht dann geröthet aus, ist verdickt, erweicht, stellenweise mit Krebsknötchen besetzt, oft ulcerirt. In der Regel tendirt dazu mehr die vordere Wand, und fühlt sich dann als starre, mit dem Uterus fest verbundene, höckrige Fläche an, durch die der Uterus selbst fixirt und schwer beweglich ist. —

Die Störungen der Geburt, welche durch das Carcinom bedingt werden.

Der alte Glaube, dass eine mit Carcinom behaftete Frau nicht empfangen könne, ist längst durch die Thatsachen widerlegt. Hat nun eine solche Frau das unglückliche Loos betroffen, schwanger zu werden, so wird sie schon während der Gravidität von den bekannten Leiden belästigt werden, welche dem Krebs eigenthümlich sind. In manchen Fällen wird das Uebergreifen des degenerativen Processes auf den Uterus-Körper die Schwangerschaft unterbrechen und Abort herbeiführen. Ist das Uebel jedoch auf das Collum lokalisirt geblieben und hat sich eine normale Decidua gebildet, so kann die Schwangerschaft zu ihrem normalen Ende gelangen. Die Frucht ist vollkommen ausgebildet und der noch intakt gebliebene Uterus-Körper schickt sich an, die Austreibung des zur Reife gelangten Kindes zu bewerkstelligen.

Die normale Geburt beginnt bekanntlich mit der Verkürzung und dem endlichen Verstreichen des Mutterhalses und der Eröffnung des Muttermundes. Diesem zum Beginn der Geburt nothwendigen und für ihre schnelle Beendigung wichtigen physiologischen Vorgange setzt der krebsig infiltrirte Gebärmutterhals die grössten Wiederstände entgegen. Das normale Gewebe, welches schon in der Schwangerschaft serös durchtränkt und gelockert sein sollte, ist hier durch eine knotige, harte Neubildung verdrängt, welche trotz heftiger Wehen ihre Form unverändert beibehält, und die Kraft des Uterus bald erschöft. Freilich wird die Art und das Entwickelungsstadium des Carcinoms einige Unterschiede im Verlaufe bedingen. Ein einfaches gestieltes Blumenkohlgewächs auf wenig veränderter Muttermundslippe aufsitzend, kann die Eröffnung des Orificium uteri nur wenig hindern, und nur durch seine Grösse und den mechanischen Druck, den es auf die Nachbartheile ausübt, beschwerlich fallen.

Schlimmer gestaltet sich schon der Verlauf, wenn eine Muttermundslippe in Länge und Dicke beträchtlich vergrössert ist. Zwar wird dann die andere gesunde Lippe den normalen Prozess der Lockerung und des Verstreichens durchmachen, allein die vergrösserte, starre erstere Lippe wird denselben doch sehr aufhalten und vielleicht nicht zur nöthigen Vollendung gelangen lassen. Am schlimmsten ist die Prognose zu stellen, wenn eine oder beide Lippen zerstört sind; dann wird die in die Gebärmutter führende Oeffnung nur von krankem Gewebe umgeben, welches sie als wallförmiger, eisenfester Ring umschliesst.

Der durch den Widerstand gereizte Uterus antwortet

nun durch energische Wehen und treibt den vergrösserten
Cervix nach unten, so dass oft der Tumor aus den Genitalien
hervorgedrängt wird. Es gelingt ihnen, entweder den Muttermund genügend zu eröffnen, freilich kaum ohne beträchtliche Zerreissungen des kranken Gewebes, oder es gelingt
nicht, und dann sind verschiedene Ausgänge möglich, wenn
die Geburt sich selbst überlassen wird. Die cachectische
durch die furchtbaren Schmerzen erschöpfte und durch Blutungen während der Schwangerschaft entkräftete Mutter kann
den übermässigen Anstrengungen sofort erliegen und durch
Erschöpfung sterben. Oder es finden ausgedehnte Zerreissungen der degenerirten Theile statt, profuse Blutungen führen
schnelle Anämie herbei, der in seinem Gewebe gewöhnlich
nicht mehr normale Uterus kann bersten und die bekannten
Folgen einer Ruptur mit oder ohne Austritt des Kindes in
die Bauchhöhle veranlassen. Oder die Kraft des Uterus
erlahmt, die Wehen lassen nach, die Schwangerschaft besteht
Monate lang über ihre normale Dauer fort und führt nach
qualvollen Leiden zum Tode durch Erschöpfung.

Ist es jedoch den energischen Anstrengungen der Wehen
gelungen, eine genügende Eröffnung des Muttermundes her-
beizuführen, so stehen der Austreibung des Kindes keine
erheblichen Schwierigkeiten im Wege, wenn nicht etwa eine
stark vergrösserte Muttermundslippe hinderlich ist, oder die
Scheide in hohem Maasse in den malignen Prozess hinein-
bezogen ist. Dann würden Zerreissungen und Blutungen aus
den betreffenden Theilen erfolgen. Ist jedoch die Scheide
in diesen Zustand gerathen, so wird die krebsige Degeneration auf ihrem ursprünglichen Heerde, dem Mutter-
halse, schon so weit fortgeschritten sein, dass eine Eröffnung
des Muttermundes und Austreibung des Kindes überhaupt
nicht erfolgt.

Das Leben des Kindes schwebt jedenfalls in der höchsten
Gefahr. In Folge der langsamen Eröffnung des Orificium
uteri kann der Kopf den hervorgestülpten Eihäuten nicht
folgen, sie sind dem vollen Wehendruck ausgesetzt, platzen,
und das Fruchtwasser geht vorzeitig ab. Nun legt sich

der Uterus fest um das Kind, drängt es nach abwärts, die Wehen folgen ohne Unterlass auf einander und das Kind stirbt aus mangelnder Aëration.

Prognose.

Eine Kreisende wird selten in der Lage sein, der ärztlichen Hilfe bei dieser Complication der Geburt entbehren zu müssen, allein dadurch wird die Sache nicht viel gebessert. Die nothwendigen operativen Eingriffe bedrohen das Leben der Mutter ebenso sehr, als wenn die Geburt sich selbst überlassen bleibt. Auch führt nicht nur die Entbindung selbst, sondern in noch höherem Grade das darauf folgende Wochenbett die grössten Gefahren mit sich. Alle Krankheiten, welche eine sonst gesunde Frau nach einer schweren Verbindung treffen können, bedrohen auch die carcinomatische Wöchnerin, nur werden sie wegen der stark lädirten kranken Geburtswege weit intenser auftreten und für die cachectische, erschöpfte Kranke weit eher tödtlich werden. Jedoch darf man sich nicht einem zu starken Pessimismus hinneigen, wie man wohl versucht sein könnte. Von den 75 Geburten, welche West in seinem Lehrbuch der Frauenkrankheiten als durch Krebs des Gebärmutterhalses complicirt anführt, endeten 41 mit dem Tode der Mutter bei oder bald nach der Entbindung, 34 mil Genesung. Nach diesem Resultate, welches in Anbetracht der Malignität der Complication relativ günstig genannt werden darf, würde die Mortalität für die Mütter etwa 55 pCt. betragen. Dagegen stellt sie sich für die Kinder weit höher. West berichtet in 72 Fällen über das Schiksal derselben, und es wurden danach 26 lebend geboren, es starben bei der Geburt 47, also über 65 pCt., ein Umstand, der wohl zu merken und für die Therapie von hoher Bedeutung ist.

Die Diagnose glaube ich übergehen zu dürfen, denn die charakteristischen lancinirenden, namentlich nächtlichen Schmerzen, die Blutungen und übelriechenden Ausflüsse, die örtlichen Befunde und das Allgemeinbefinden der Kranken

werden kaum einen Zweifel über die Natur des Uebels auf-
kommen lassen. Weit wichtiger ist es, eine Entscheidung
über das einzuschlagende **therapeutische Verfahren** zu
treffen. Man stellt noch jetzt vielfach als Regel auf, bei
Complication der Schwangerschaft durch Krebs des Gebärmutterhalses den Abort resp. die künstliche Frühgeburt
einzuleiten. Diesen Rath giebt auch West, indem er
jedoch einschränkend hinzufügt: „Sollte die Degeneration
schon solche Fortschritte gemacht haben, dass man keine
gegründete Erwartung auf Verlängerung des Lebens durch
eine chirurgische oder medicinische Behandlung mehr hegen
kann, und scheint zugleich kein unüberwindliches Hinderniss
für den Durchtritt des Kindes vorhanden zu sein, so würde
es gerathener sein, die Schwangerschaft ohne Unterbrechung
ihren Verlauf nehmen zu lassen.“ Jedenfalls dürfte es selten
leicht sein, mit Gewissheit zu bestimmen, ob man gegründete
Hoffnung auf Verlängerung des Lebens der Kranken durch
einen operativen Eingriff hat. Das Allgemeinbefinden der
Schwangeren kann nicht den Ausschlag geben, denn auch
wenn es relativ noch wenig angegriffen ist, kann nach
der Operation Jaucheresorption und Ichorämie erfolgen, da
man nie mit Sicherheit erkennen kann, wie weit sich die
krebsige Degeneration erstreckt und ob man im Gesunden
operirt. Gewiss wäre es unangemessen, gegen so vage
Hoffnungen das Leben des Kindes in die Schanze zu schlagen.
Oft wird sich auch die Operation noch einige Monate ohne
besonderen Nachtheil für die Mutter aufschieben lassen, bis
das Kind zur Reife gelangt ist. Die zweite von West aufgestellte Anzeige wird sich ebensowenig leicht feststellen
lassen, und steht ausserdem zur ersten geradezu im Gegen-
satz, denn wenn die Degeneration so bedeutend ist, dass
sich von einer Operation nichts mehr erwarten lässt, dann
wird eben auch ein unüberwindliches Hinderniss für den
Durchtritt des Kindes vorhanden sein. Es stehen also diese
Indicationen, welche nur in einzelnen Fällen gegen den Abort
sprechen sollen, auf schwachen Füssen und sind ausserdem
unnütz, denn der Abort ist überhaupt verwerflich. Er tödtet

das am normalen Ende der Schwangerschaft lebensfähige Kind, trägt aber zur Verlängerung des mütterlichen Lebens in keiner Weise bei. Im Gegentheil führt West selbst an, dass sich die Mutter nach dem Abort schlechter befindet und dass die Krankheit raschere Fortschritte macht, als wenn der Uterus nicht entleert worden wäre. Mir scheint deshalb der Abort verwerflich und höchstens auf die Fälle einzuschränken, wo die Mutter durch die Zerrung des Collum uteri solche Schmerzen leidet, dass die Angehörigen selbst die Unterbrechung der Schwangerschaft wünschen. Auch dann dürfte der Arzt nicht unterlassen, darauf aufmerksam zu machen, dass sich die Krankheit in der Folgezeit rascher entwickeln wird.

Die **künstliche Frühgeburt** bietet scheinbar mehr Vortheile, sie giebt Hoffnung auf ein lebendes Kind, während die mütterlichen Theile beim Durchtritt des kleineren Kopfes weniger angegriffen werden. Jedoch ist zu erwägen, dass die Hindernisse bei der Geburt vor Allem durch die Unnachgiebigkeit des untern kranken Gebärmutterabschnittes, nicht sowohl durch die Grösse des Kindskopfes bedingt sind. Ist der Muttermund undehnbar, so geht auch ein kleinerer Kopf nicht durch ihn hindurch, fängt er jedoch an, sich zu eröffnen, so wird es nicht schwer halten, ihn nöthigenfalls auf künstliche Weise so weit zu dilatiren, dass auch der Kopf des ausgetragenen Kindes passiren kann. Man wird dann nicht die sehr zweifelhaften Chancen einer Frühgeburt, betreffend die Lebensfähigkeit des Kindes,' haben, und mir scheint aus diesen Gründen die künstliche Frühgeburt noch weniger empfehlenswerth, als der Abort. —

Es wirft sich nun die Frage auf, welches operative Verfahren man bei der Geburt selbst einzuschlagen habe, wenn sich trotz der Anstrengungen des Uterus der Muttermund gar nicht oder nur ungenügend erweitert.

Die am nächsten liegende und einfachste Methode ist die Erweiterung durch Incisionen in die rigiden Muttermundslippen mit dem geknöpften Bistouri. Ist hierdurch eine genügende Dilatation erreicht worden, so kann die Zange oder die Extraction zur Anwendung kommen, je nachdem sich das Kind mit dem Kopf oder Steiss zur Geburt stellt, und zur Beendigung derselben wird oft noch die Perforation nothwendig. Endlich steht allen diesen Operationen, welche das kindliche Leben von vornherein mehr oder weniger aufgeben, der Kaiserschnitt gegenüber. Bevor ich mich jedoch über die Vortheile und Nachtheile dieser einzelnen Verfahren näher erkläre, will ich die beiden Geburten beschreiben, welche mit Krebs des Gebärmutterhalses complicirt in den jüngst vergangenen Semestern in der geburtshilflichen Klinik zu Breslau beobachtet worden sind. Die dabei angewandten Operationsverfahren und ihr Erfolg sollen die Basis bilden, auf der ich eine Anzahl von Schlüssen über die Zweckmässigkeit der verschiedenen Methoden aufzubauen haben werde.

Erste Krankengeschichte.

Sophie Ludwig, 38 Jahr alt, wird am 1. Decbr. 1866 in die Klinik aufgenommen. Die Anamnese ergiebt Folgendes:

Mit 18 Jahren zuerst menstruirt, hat die Ludwig vor 15 und 8 Jahren lebende Kinder geboren, unter normalen puerperalen Verhältnissen. Seit einem Jahr sind die Menses unregelmässig und spärlich, in der Zwischenzeit will sie an starkem zeitweise übelriechendem leucorrhoïschem Ausflusse gelitten haben. Ausserdem hatte sie nach Anstrengungen über geringe Schmerzhaftigkeit der Inguinalgegend zu klagen, wo sie kleine unempfindliche Knoten fühlte. Alles dies störte jedoch ihr Allgemeinbefinden nicht wesentlich und hinderte sie nicht in Ausübung ihres Berufes. Ende April oder Anfang Mai (1866) will Patientin nur einmal geschlechtlichen Umgang gehabt haben, und sollen seit dieser Zeit häufige, wenn auch nicht bedeutende Blutungen aus den Geschlechtstheilen stattgefunden haben. Ende August erfolgte eine sehr profuse 12 Stunden andauernde Hämorrhagie und veranlasste die Kranke, ihre Stellung aufzugeben. Schon damals erregten Veränderungen an den Brüsten und Fühlen von Kindsbewegungen in ihr den Verdacht auf Schwangerschaft, und durch die am 14. November in der Klinik vorgenommene Untersuchung wird dieselbe constatirt. Die letzten Monate verliefen übrigens ohne stärkeren Blutverlust, bei relativ gutem Allgemeinbefinden.

Die am 15. November vorgenommene Untersuchung ergiebt Folgendes:

An den Brüsten nichts Bemerkenswerthes. Bauch wenig prominent, Uterus bis zwei Finger über den Nabel reichend, beweglich, reichlich Wasser enthaltend. Den Kopf des Kindes fühlt man rechts oben im 1. schrägen Durchmesser, den Rücken links, Foetalpuls deutlich im Fundus, 12. — Bei der inneren Untersuchung fühlt man die hintere Scheidenwand etwa $1\frac{1}{2}$ Zoll vom untern Ende an infiltrirt und zerklüftet, die hintere Muttermundslippe ist nicht mehr zu erkennen; man dringt hinten in einen tiefen nach oben trichterförmigen Krater mit starren Wandungen, an dessen linker Seite die deutlich zu erkennende Cervicalhöhle liegt. Die vordere Cervicalwand ist ebenfalls starr infiltrirt, hart, dick, breit, doch geht die Infiltration von der vordern Lippe nicht auf die Scheidenwand über. Das subvaginale Gewebe des Scheidengrundes ist auch von dem krebsigen Process ergriffen, die Schleimhaut aber noch frei. Die Massen sind leicht zertrümmerbar, die Blutung ist momentan gering.

Die Kranke selbst ist eine schlecht genährte, doch nicht sehr cachectisch aussehende Brünette von mittlerer Grösse.

Geburtsverlauf.

Die Schwangere hat während des Aufenthalts in der Klinik an Fülle zugenommen und befindet sich wohl. Die carcinomatösen Parthien sind stellenweise etwas weicher geworden und nach hinten zeigen sich stärkere papilläre Excreszen. Am Abend des 5. Januar zeigen sich die ersten Wehen, in der folgenden Nacht lassen sie auf eine Morphiumdose nach, werden aber gegen Morgen stärker. Zugleich erscheint ein saniöser, dunkler, nicht eigentlich blutiger Ausfluss. Die Kranke selbst ist durch die bevorstehende Entbindung sehr aufgeregt und erklärt, auf die Erhaltung des Kindes zu verzichten.

Bei der Untersuchung findet man reichlich Wasser im Uterus, das Kind im ersten diagonalen Durchmesser, den Kopf rechts oben, Rücken links, den Foetalpuls ebenfalls links, 11 Schläge. Ferner erkennt man einen fingerlangen Cervikalkanal mit infiltrirten Wänden und erreichbarem aber geschlossenem, entartetem innern Müttermunde. Der vorliegende Kindstheil ist nicht zu erkennen. Der Cervix ist an den Contractionen nicht betheiligt.

In der Nacht vom 6. zum 7. häufiger Harndrang und Abgang des Fruchtwassers. Am Abend des 7. tritt ein Schüttelfrost ein, Puls 120, Temp. 40,5. Die Kindsbewegungen lassen nach und sistiren am Morgen des 8. Die Kreisende klagt über Schmerzen im Rücken und der rechten untern Bauchgegend. Puls 96. Haut kühl. Exsudat ist nicht nachzuweisen. Der Uterus ist fest contrahirt und auf Berührung empfindlich, der Foetalpuls nirgends zu hören.

Der Cervix ist etwas tiefer gedrängt und in dem schmalen Saume des vorderen Laquea fühlt man etwas wie einen andrängenden vorliegenden Kindstheil. Der Canalis cervicalis ist ca. 2 Zoll lang und für zwei kleine Finger durchgängig. Die vordere am wenigsten infiltrirte auch nicht zerklüftete Wand ist etwas gelockert und geschwollen, das Os internum für zwei Fingerspitzen passabel und man erkennt den vorliegenden Steiss resp. die Steissbeinspitze. Die Kranke ist sehr aufgeregt, sieht schlechter aus als früher und zeigt eine gelbbraune Färbung des Gesichtes. Es wird eine Morphiumdose verordnet und Bouillon und Wein gereicht. Bei dem erfolgten Tode des Foetus, dem sich allmälig öffnenden inneren Muttermunde und dem sich lockernden Cervix wird für jetzt von jedem operativen Eingriffe abgesehen und die Austreibung des Kindes den Naturkräften überlassen.

8. Januar, 6 Uhr N. Das subjective Befinden der Kreisenden ist gut, Puls 96, Temp. 37,5. Reichlicher, mässig

blutiger Ausfluss, Laquea gedehnt und herabgedrängt, der Cervix ist 1½" lang, der Canal für zwei Finger durchgängig, der Muttermund Viergroschen gross. In den Eihäuten ist ein unebner, weicher Theil zu fühlen, der für den Steiss gehalten wird. Die Wehen sind kräftig, schmerzhaft, in viertelstündlichen Intervallen.

Ord. 0,01 Morph. innerlich.

10 Uhr N. Die Kreisende hat grosse Schlafneigung, doch hindern die Schmerzen das Einschlafen. Puls 100, Uterus fest contrahirt und auf Berührung äusserst empfindlich. Der mittelst des Catheters entleerte Urin ist spärlich, hochroth. Aus den Geschlechtstheilen findet reichlicher, missfarbiger, übelriechender Ausfluss statt. Die cancroïdalen Wucherungen sind stark abwärts gedrängt. Die Oeffnung des Muttermundes ist nicht weiter vorgeschritten.

Ord. 0,02 Morph. subcutan.

9. Januar, 8 Uhr früh. Patientin hat viel geschlafen, die Wehen waren mässig. Temp. 37,11, Puls dünn, 124, die Kreisende sieht collabirt aus, das Gesicht ist eingefallen. Der Leib ist sehr empfindlich, gespannt, leichter Meteorismus. Der Uterus resonirt gedämpft tympanitisch, woraus auf Anwesenheit von Luft im Uterus und Zersetzung der Frucht geschlossen wird. Der Cervix steht sehr tief, der Steiss steht im äussern Muttermunde, welcher zwei Thaler gross geöffnet ist, umgeben von dem infiltrirten vordern Muttermundsrande und der untern Grenze des Infiltrats der hinteren Scheidenwand, diese Umgebung ist sehr rigid. Saniöser, stinkender, blutiger Ausfluss aus der Scheide.

Das Allgemeinbefinden der Mutter, die endometritischen Erscheinungen, die Anwesenheit von Luft im Uterus erfordern nun das Einschreiten der Kunst, und da die Extraction in Anbetracht des Aufstehens des Steisses, des Offenseins des Muttermundes, der kleinen macerirten Frucht die günstigsten Chancen bietet, zumal sie ohne Rücksicht auf die Frucht geübt werden kann, so wird zu dieser geschritten.

Die Kreisende wird auf ein passendes Lager gebracht und chloroformirt. Herr Medicinalrath Prof. Dr. Spiegelberg entwickelt nun, da der Rücken der Frucht an der linken mütterlichen Seite liegt, den linken Schenkel, was der rigiden, wenig nachgiebigen Scheidenwände wegen nur unter Schwierigkeiten vollendet wird. Der Fötus erweist sich nun macerirt, missfarbig, die Haut löst sich in Fetzen ab, die Nabelschnur ist ebenfalls missfarbig imbibirt. Die oberen Extremitäten werden leicht gelöst unter geringer Blutung, jedoch der im ersten diagonalen Durchmesser stehende Kopf wird von dem starren, carcinomatösen Gewebe festgehalten und schon mässig starker Zug bringt die untern Halswirbel zum Auseinanderreissen.

Der Operateur versucht nun vor allen Dingen den zurückgebliebenen Kopf ohne Instrument zu entfernen und führt zu diesem Zweck zwei Finger der linken Hand in die Mundhöhle, allein da die Mundwinkel und der Boden der Mundhöhle einreissen wegen der starken Maceration, so muss von diesem Verfahren Abstand genommen werden. Um nun das Manipuliren mit der Hand in der infiltrirten oberen Scheide und dem Cervikalkanal zu vermeiden, wodurch die kranken Theile stark gedrückt und gequetscht werden würden, werden scharfe Haken an das linke Jochbein gesetzt, die rechte Lambdanath wird perforirt, an die Perforationsstelle werden ebenfalls scharfe Haken gesetzt, und so gelingt es, durch Zug an denselben den Kopf unter reichlichem Hervorquellen von Hirnmasse zu Tage zu fördern. — Die Blutung ist gering, doch folgt die Placenta nicht. Der Cervix fühlt sich starr und unnachgiebig an, der innere Muttermund ist zusammengezogen. Der Assistenzarzt Herr Dr. Davidson entfernt nun die Placenta, welche ungelöst auf der rechten Seite des Fundus sitzt, mit der in das Cavum uteri eingeführten vollen Hand. Während der Geburt ging viel stinkende Luft aus den Genitalien ab, ebenso nach der Geburt. In der dritten Periode nämlich dehnte sich der Uterus, nachdem er durch Compression zur Contraction gereizt worden war, stets sofort wieder aus, wodurch auf's neue Luft eingesogen wurde. Die Entbundene selbst ist sehr collabirt, hat einen kleinen, dünnen Puls von 144 Schlägen in der Minute, die Temperatur der Haut ist kühl. Es werden mehrere Injectionen einer schwachen Lösung von Liqu. ferri sesquichlor. in die Scheide gemacht und die Entbundene in ein besonderes Zimmer geschafft.

3. Januar, 11 Uhr früh. Patientin ist bei vollem Bewusstsein, klagt über keine Schmerzen, nur über ein Gefühl von Angst und Beklommenheit. Sehr dünner, hüpfender Puls von 136, keuchende Respiration von 32. Die Haut ist kalt und mit klebrigem Schweisse bedeckt, die Zunge trocken. Die Gesichtszüge sind verfallen, das Auge ist glanzlos, das obere Lid halb herabgefallen. Der Leib ist mässig aufgetrieben und sehr empfindlich. Eine stärkere Blutung aus den Geschlechtstheilen wird durch Injection von Liquor. ferri sesqu. zum Stehen gebracht. Es wird Wein esslöffelweise verordnet.

Um 1 Uhr ist der Zustand derselbe, der Leib mehr aufgetrieben, der Puls sehr klein und schleichend, Respiration 34, Cyanose der Lippen.

Um 2 Uhr nimmt die Herz und Lungenthätigkeit allmälig ab, die Kranke geräth plötzlich in Unruhe, macht ein Versuch sich aufzusetzen, es tritt Opisthotonus ein und der Tod.

Section 18 Stunden post mortem, angestellt durch Herrn Prof. Dr. Waldeyer. Das Sectionsprotokoll lautet folgendermassen: Leiche sehr abgemagert, Todtenstarre gelöst, äussere Genitalien ohne Veränderung, Muskulatur normal gefärbt und schlaff. In den Pleurasäcken findet sich nichts abnormes. Das Herz ist mässig fest, Muskulatur nicht verfärbt, Klappenapparat normal. In beiden Lungen hochgradiges Oedem in sämmtlichen Lappen, an den abhängigen Parthien geringe Hyperämie. Im Abdomen reichlicher Erguss purulenten übelriechenden Serums. Das Peritoneum ist in seiner ganzen Ausdehnung glanzlos, reichlich injicirt, hier und da mit kleinen Ecchymosen bedeckt. Frische eitrig-fibrinöse Flocken auf dem serösen Ueberzuge der Leber, des Uterus, der Milz, und zwischen den Dünndarmschlingen. Magen und Darmcanal mit stark entwickeltem Leichenemphysem, reichlichem Schleimbelag, die

Schleimhaut in der ganzen Länge des Darmrohrs, namentlich an der Coecalklappe stark geröthet, zugleich sind die lymphatischen Follikel geschwellt. Die Leber ist relativ gross 23 Ctim. lang, davon 16 auf den rechten Lappen. Höhe rechts 27 Ctm. (starker Schnüranhang). Höhe links 6 Ctm., grösste Dicke rechts $5^{1}/_{2}$—6 Ctm. Die Schnittfläche zeigt diffuse Verfettung im Pfortadergebiet und ist im allgemeinen leicht getrübt. Dazwischen treten einzelne linsen- bis erbsengrosse, bläulichrothe, wie Leberadenome aussehende Flecke hervor, namentlich im rechten Lappen. In der Gallenblase finden sich zahlreiche Gallensteine, Gallengänge sind frei. Mässige weiche Milzschwellung, zahlreiche malpighische Körperchen. Nieren klein, sehr blass, namentlich die Corticalsubstanz. Nebennieren relativ gross, mit stark fettiger Rinde. Der über kindskopfgrosse Uterus überragt die Symphyse etwa um 7 Ctm., sein Gewebe ist schlaff, das parauterine Bindegewebe überall normal, Venen und Lymphgefässe frei. Die Portio cervicalis in ihrer ganzen Ausdehnung bis an den inneren Muttermund heran ist Sitz eines epithelialen bereits stark verfetteten Carcinoms. Die freie Fläche des Neoplasmas ist stark zerfetzt, an einzelnen Stellen intensiv schwarz verfärbt (Injection von Liquor. ferri), an anderen mit reichlichen Blutgerinseln bedeckt. Ausserdem finden sich einzelne polypöse Wucherungen. Die krebsige Infiltration erstreckt sich fast überall durch die ganze Dicke des Uterus, greift jedoch weder auf das Peritoneum noch auf ein anderes Nachbargewebe über, mit Ausnahme der Vagina. Auf der Schnittfläche treten überall die grieskorngrossen, weissgelben, zum Theil käsigen, carcinomatösen Pfröpfe hervor. Im Innern des Uterus befindet sich ein fast faustgrosses, derbes Blutcoagulum, die rein gelöste Placenta sass links an der seitlichen mittleren Uterinwand. Die krebsige Infiltration der Vagina umfasst fast die ganze hintere Wand, ist flach, stellenweise erweicht, sonst wie am Uterus. Die Mesenterial-Lymphdrüsen sind frei, dagegen finden sich in den Venen und Lymphgefässen des Beckens kleine Thromben. Der Fötus zeigt keine Krebsmetastasen. Aus diesem Leichen-

befunde wird auf eine vorangegangene Peritonitis und Carcinoma colli uteri et vaginae geschlossen, so dass also die
schon im Leben gestellte Diagnose bestätigt ist. Was jedoch
die Ursache der Peritonitis gewesen ist, die sich wahrscheinlich schon bei Beginn der Geburt entwickelt hatte,
und wie der Einfluss des Carcinoms hierbei mitgewirkt hat,
muss dahin gestellt bleiben. —

Zweite Krankengeschichte.

Anamnese. Johanna Schubert, Schneidersfrau,
37 Jahr alt, hat zweimal am rechtzeitigen Ende der Schwangerschaft spontan nach ca. 8—10 stündiger Geburtsthätigkeit
mässig kräftige Kinder geboren, das letzte vor 8 Jahren.
- - Im December 1866 glaubte sie abortirt zu haben und
schliesst dies daraus, weil im Herbst des genannten Jahres
die Menstruation unregelmässig war und im December eine
sehr bedeutende Blutung eintrat, bei welcher ausser Blut-
gerinnseln auch festere Massen abgingen. Die Menstruation
verhielt sich nun wieder normal, bis sich gegen Ende des
Aprils von neuem eine sehr heftige Blutung zeigte und sich
Mitte Juni wiederholte. Schon um diese Zeit vermuthete
die Patientin eine vorhandene Schwangerschaft. Anfang
August stellte sich wiederum eine beträchtliche Blutung ein
und die Kranke nahm nun die Hilfe der Poliklinik in Anspruch. Durch die Untersuchung wurde damals eine Gravidität von ca. 23 Wochen festgestellt, Kindsbewegungen
wollte die Schwangere seit Anfang Juli gefühlt haben. Der
Foetalpuls war deutlich rechts hörbar, 162 Schläge in der
Minute, bestimmte Kindestheile unterschied man bei der
äussern Untersuchung noch nicht. Die innere Untersuchung
ergab in der Höhe des Beckeneinganges einen Tumor von
der Form und Grösse des Fusses eines neugeborenen Kindes,
es war dies die vergrösserte vordere Muttermundslippe.
Seitlich ging dieser Tumor scharf in die nicht vergrösserte,
sondern durch die Zerrung von Seiten der vorderen ge-
spannte hintere Lippe über. Der Muttermund stand hoch

und nach hinten, die hintere Lippe höher als die vordere. Links ging die letztere frei in die hintere über, rechts dagegen war der Uebergang der Infiltration auf das Laquea bemerkbar. Kindestheile waren bei der innern Untersuchung nicht fühlbar. Es wurden Einspritzungen von Essig mit Wasser und innerlich Tinct. ferri acet. verordnet.

In der folgenden Zeit wuchs der Tumor mässig weiter, die eben beschriebene Form beibehaltend. Im Anfang October trat noch eine stärkere Blutung ein.

Die ersten Wehen zeigten sich in der Nacht des 11. Nov., wurden gegen Morgen häufiger und kräftiger und veranlassten die Patientin zum Eintritt in die Anstalt.

Die vorgenommene Untersuchung ergab folgenden Befund:

Der Bauch mässig prominent, Umfang 87,5 Ctm., Länge 34,18, Höhenstand des Uterus 12 in der Mitte. Nur alte Narben sind wahrnehmbar. Das Kind befindet sich in zweiter Lage, Kopf nach unten, Rücken rechts, Foetalpuls gleichfalls, 158 Schläge in der Minute. Mässig viel Wasser im Uterus.

Beim Eingehen in die Scheide stösst man schon am Introïtus auf den Tumor, der eine nierenförmige Gestalt hat, mit seiner grössten Länge von rechts nach links. Die Dicke dieser vergrösserten vorderen Lippe beträgt ca. 2″, die Länge von oben nach unten 3″. Dieselbe fühlt sich weich elastisch an, ist rechts und links, wo sie in die hintere Lippe übergeht, scharf begrenzt. Rechts findet ein Uebergang des Tumor auf den obern Theil der Scheide und vorderes Laquea statt. Die hintere Lippe ist scharf, dünn, dehnbar. Der Muttermund steht nach hinten. Durch die Ausdehnung des Tumor nach vorn ist das vordere Laquea schmal, durch dasselbe fühlt man den beweglichen Kopf. Der Uterinkörper scheint frei zu sein. Nicht ganz schwer gelangt man zum Promontorium. Die conj. diag. ist wegen des Tumors nicht genau bestimmbar.

Beckenmasse:

Sp. J. 22½ Ctm. = 8⅓″ Cr. J. = 23½ Ctm. = 8⅔″
D. Tr. 31 Ctm. = 11½″ Cr. ext. = 18 Ctm. = 6⅔″.

Danach erscheint das Becken etwas allgemein verengt, und dem entspricht auch die mehr zarte Körperbeschaffenheit der Kreisenden.

11 Uhr. Wehen kräftig. Hintere Muttermundslippe lockerer, dehnbarer, man gelangt mit dem Finger bequemer in den Muttermund und fühlt den Kopf.

3 Uhr. Die Wehen sind kräftig, aber kein Fortschritt.

5 Uhr. Vor einer Stunde Erbrechen von schleimigen Massen. Der Tumor ist schmerzhaft, desgleichen die Wehen. Kein Fortschritt in der Eröffnung. Puls 120, Foetalpuls 168.

Da seit Morgens 10 Uhr kein Fortschritt eingetreten war, so wurde die Art und Weise der weiteren Leitung der Geburt von einer Berathung zwischen Herrn Medicinalrath Prof. Dr. Spiegelberg, Herrn Geheimen Medicinalrath Prof. Dr. Middeldorpff, Herrn Dr. Langer und den klinischen Assistenten abhängig gemacht.

In Rücksicht darauf, dass das Kind doch vielleicht wenig lebenskräftig ist und nach einer mit der halben Hand vorgenommenen Untersuchung wurde vom Kaiserschnitt Abstand genommen. Prof. Spiegelberg fand nämlich bei dieser Untersuchung, dass der Tumor den innern Muttermund nicht überschritt, so dass man nach Entfernung der Hauptmasse auf eine spontane oder künstliche Eröffnung des Muttermundes hoffen durfte. Herrn Prof. Middeldorpf gelang es nur, mit der galvanokaustischen Schneideschlinge einen grossen Theil der vorderen Lippe abzutragen, jedoch wurde der auf der rechten Seite gelegene auf Vagina und Laquea übergehende Theil nicht mitgefasst. Aus der Schnittfläche erfolgte keine Blutung.

Um 11 Uhr Nachts fliesst dass Fruchtwasser ab. Der Muttermund ist jetzt weniger spaltförmig, mehr rundlich, etwa Thaler gross. Die vordere Lippe giebt nicht nach, dagegen ist die hintere mehr ausgedehnt und nachgiebig. Foetalpuls ist auf der rechten Seite hörbar, Wehen sind vorhanden.

Die Wehen lassen auch während der Nacht nicht nach; die Kranke sieht am Morgen anämisch und collabirt aus.

12. November, 9 Uhr früh. Bauch ist mässig palpabel, nicht alles Wasser ist abgeflossen. Foetalpuls in der Wehe 9, ausser ihr 13—14. Die Wehen sind kräftig, der weiche mit mässiger Geschwulst versehene Kindskopf steht im Beckeneingang. Die hintere Lippe ist dehnbar, dilatirt, die vordere unnachgiebig und wird in der Wehe an die vordere Beckenwand angedrückt und gequetscht.

Das Hinterhaupt ist stark gesenkt, die kleine Fontanelle steht rechts, an der infiltrirten vordern Muttermundslippe, die Sagittalnath läuft im Querdurchmesser steil herauf nach links. Hin und wieder haben Blutungen stattgefunden und bei der vorgenommenen Untersuchung geht von Neuem Blut ab.

In Rücksicht auf den Zustand der Mutter ist es nun dringend geboten, die Geburt schleunig zu beenden.

Die Kreisende wird auf den Operationsstuhl gebracht und tief chloroformirt. Professor Spiegelberg nimmt nun eine Untersuchung mit der halben Hand vor, und erkennt, dass der Kopf zu fest aufgedrückt ist, die Contractionen des Uterus zu häufig und stark sind, um von der Wendung günstigen Erfolg für das ohnehin invalidirte Leben der Frucht erwarten zu können. Es wird deshalb der Muttermund incidirt, und zwar links an der Grenze des kranken und gesunden Gewebes, rechts geht der Schnitt vom innern Muttermund nach unten an Tiefe zunehmend mitten durch die infiltrirten Parthien hindurch. Durch diese ergiebigen Incisionen ist genügender Raum geschaffen, um die Zange an den Kopf in utero zu appliciren. Das rechte Blatt wird zuerst eingeführt und beim Adjustiren an den Kopf das Hinterhaupt nach vorn gedreht, worauf das Anlegen des linken Blattes und das Schliessen verhältnissmässig leicht gelingt. Unter 7—8 kräftigen Tractionen, deren Richtung, um das unnachgiebige Segment der vordern Lippe nicht abzuquetschen, bald mehr nach oben, bald mehr nach unten geändert wird, kommt der Kopf zum Durchschneiden, indem er die degenerirte vordere Muttermundslippe vor sich her aus der Schaamspalte drängt. Jetzt werden sofort, um weitere Quetschung nach vorn zu vermeiden, seitliche ergiebige Einschnitte in den Damm gemacht, der Kopf schnell entwickelt und der Rumpf extrahirt.

Die Nabelschnur ist um Hals und Leib geschlungen. Die Placenta wird exprimirt, die Seitenschnitte am Perineum durch oberflächliche Suturen vereinigt.

Das Neugeborne ist im 2. Grade asphyktisch, macht unregelmässige, vereinzelte, krampfhafte Inspirationen mit starkem Bronchial-Rasseln. Erst lange fortgesetzte Wiederbelebungsversuche nach Marshall Hall bringen nach Entleerung grosser Mengen aspirirten Schleims regelmässige Athmung in Gang.

Der Blutverlust bei der Entbindung selbst war gering, der Uterus bleibt gut contrahirt.

Wochenbett.

Eine Stunde post partum tritt ein intenser Schüttelfrost auf mit darauf folgender brennender Hitze und geringem Schweiss. Puls 140, Temp. 39,4. Ordin.: Secal. corn. 0,6 Wein, Fleischbrühe.

12. Nov., 6 Uhr N. Die Entbundene fühlt sich wohl, klagt nur über grossen Durst. Dabei feuchte Zunge, feuchte, warme Haut, componirter Gesichtsausdruck. Der Puls bedeutend voller, 130 Schläge. Temp.: 38,9. Abdomen weich, nicht empfindlich. Uterus gross, aber gut contrahirt. Stinkender, jauchiger Abgang aus der Scheide. Ord.: Tinct. Opii croc. gtt. X Injectionen mit liqu. Chlor.

13. Nov., 8 Uhr früh. Wöchnerin hat gut geschlafen und klagt über nichts. Der Puls hebt sich, die Frequenz fällt bis auf 128. Temp.: 38,7. Reichliche Diurese, normaler Stuhl.

13. Nov., 6 Uhr N. Puls 110, Temp. 37,4. Der Zustand der Wöchnerin ist in jeder Beziehung günstig. Die in der Vagina sich ansammelnden jauchigen Massen werden häufig und sorgfältig weggespült.

14. Nov., 9 Uhr früh. In der Nacht ist ein starker Schüttelfrost eingetreten. Temp.: 40,2, Puls 136. 6 Uhr Nachm. Die wiederholten Schüttelfröste, der kleine Puls von 140, die brennend heisse Haut, die ausgesprochnen Depressionserscheinungen sprechen für eine tiefere Alteration des Blutes durch Aufnahme toxischer Stoffe. Lokalerscheinungen am Uterus sind nicht vorhanden.

15. Nov., 8 Uhr früh. Die Patientin ist somnolent, die Sprache erschwert, Pupillen von normaler Weite und Reaction. Von Seiten des spinalen Nervensystems keine Störungen. Das linke Ellbogengelenk ist auf Berührung schmerzhaft, doch ist äusserlich an demselben keine Spur einer etwaigen Synovitis zu bemerken. Abdomen ist frei, bei Berührung nicht schmerzhaft. Uterus gross.

16. Nov. 8 Uhr früh. Zunahme der toxaemischen Symptome, besonders der durch die Blutalteration gesetzten Störung der Nervenfunctionen. Denn bei dem Fehlen aller Excitations-Erscheinungen, der unverändert reagirenden Pupillen u. s. w. ist an eine essentielle Hirnerkrankung nicht zu denken.

Mund und Zunge sind trocken, rissig, mit fuliginösem Anflug. Puls weich 140, Temp.: 38,5. Unfreiwillige Stuhlausleerungen, Respiration 30, stertorös; die Lungen bieten bis auf einen Katarrh nichts abnormes.

17. Nov. Immer tiefere Prostration. Der Tod erfolgt Abn s unter den Erscheinungen der Hirnparalyse.

Section 12 Stunden post mortem. Angestellt durch Herrn Prof. Waldeyer.

Sehr kleine, abgemagerte Leiche, mässig ödematöse Anschwellung der unteren Extremitäten. Bei Eröffnung des Thorax retrahirt sich die rechte Lunge auffallend weniger als die linke, es zeigen sich ältere Adhäsionen am lateralen Umfange.

Beide Lungen sind jedoch durchweg lufthaltig, nur in den abhängenden Parthien mässig ödematös mit geringen Leichenhypostasen. In den Verzweigungen der Lungenarterien finden sich überall blutige Gerinnsel. Die Bronchien bieten nichts Bemerkenswerthes. Im Herzbeutel befindet sich eine sehr geringe Quantität klaren Serums, das Herz selbst ist welk und schlaff. Musculatur blass und leicht getrübt. An den Klappen finden sich keine Embolien.

Die Milz ist etwa aufs Doppelte vergrössert, ausserdem weich und brüchig mit einzelnen noch gut erhaltenen consistenten Stellen, die sich wie besondere Knoten anfühlen. Am untern Umfang eine fluctuirende Stelle, über welche eine leicht arrodirte Milzvene läuft, indessen bietet sie keine nennenswerthe Veränderung dar. Beide Nieren sind geschwellt, sehr anämisch. Das Corticalparenchym ist geschwellt und stark getrübt, Nebennieren sind frei.

In der Bauchhöhle befindet sich eine sehr geringe Quantität rahmigen, gut consistenten Eiters, welcher sich namentlich im Douglasschen Raum und auf der convexen Fläche der Leber zeigt. Auf der Oberfläche der Därme und des Peritoneum parietale keine Veränderung.

Der Uterus ist gut zurückgebildet und überragt die Symphyse um etwa 4—5 Ctm. Höhe desselben 21 Ctm. Grösste Breite zwischen den Tuben 12 Ctm. Diam. ant.-post. 4 Ctm. Grösste Dicke der Wand 1 1/2 Ctm. Das Parenchym ist schlaff, geblich, weich, jedoch nicht getrübt. Die Placentarstelle sitzt links und oben, der dortigen Tubenmündung entsprechend. Die Innenfläche derselben ist mit nekrotischen Stellen belegt, einzelne, feste, entfärbte Pfröpfe in den Venen. Die übrige Innenfläche des Uterus ist blass, sonst normal.

Die ganze Portio cervicalis ist von einer vollständig nekrotischen, schwammigen, pulpösen Masse ausgefüllt, die bis zum Anfang der Scheide hinabreicht und von deren Schnittfläche eine reichliche Quantität rahmigen Saftes durch Druck erhalten werden kann. Die neoplastische Infiltration geht über die Dicke des Uterushalses nach oben nicht hinaus, wohl aber an der rechten Seite nach unten etwas auf die Scheidenwand über.

Auf der rechten Seite in der hinteren Wand in der Nähe der Tubenmündung finden sich in den Lymphlakunen an eizelnen Stellen faulige, puriform erweichte Massen, die sich in den Gefässen bis zu den carcinomatös entarteten Stellen verfolgen lassen. Die Ligamenta lata, die Tuben und Ovarien sind frei. Im Zellgewebe längs des Cervix finden sich mehrere theils vergrösserte, theils carcinomatös infiltrirte Lymphdrüsen. Die Scheide zeigt am Eingange zahlreiche unregelmässige, mit diphteritischem Belage versehene Substanzverluste. Blase und Rectum sind frei. Magen und Duodenum enthalten reichlichen, galligen Schleim. In der Nähe der valvula Bauhini sind die solitären Darmdrüsen leicht geschwellt. Im Dickdarm zahlreiche, feste Fäkalmassen. Leber blassbraun, das Parenchym diffus getrübt, einzelne theils gelbliche, theils dunkelblaue, linsengrosse, bindegewebige Wucherungen an derselben.

Die anatomische Diagnose lautet also folgendermassen:

Grosses verjauchtes Carcinom der Portio cervicalis uteri. Zerfallende Lymphthrombose im paruterinen Bindegewebe. Frische eitrige Peritonitis. Ichorämische Schwellung und Trübung der Nieren, Milz und Leber. —

Das mit der Schneideschlinge abgetragene Stück des Tumors wurde von Herrn Professor W a l d e y e r besonders untersucht und zeigte folgenden Befund.

Das Stück ist äusserst gefässreich. Auf der grauröthlich durchscheinenden Schnittfläche treten überall gelblichweisse hirsekorn- bis fast linsengrosse Körper hervor, aus denen sich eine rahmige, Krebssaft gleichende Masse mit Leichtigkeit hervordrücken lässt. Diese Masse besteht fast ausschliesslich aus rundlichen und eckigen, zuweilen nahezu cylindrischen Zellen von verschiedener Grösse und epithelialem Habitus.

Dünne Schnitte von dem in Alkohol erhärteten Präparat lassen am äussern Umfage ein ziemlich dickes, geschichtetes Pflasterepithel erkennen. Die Hauptmasse der Geschwulst besteht aus einem sehr zellenreichen Bindegewebsstroma, in das grössere und kleinere epitheliale Zellenmassen, meist von drüsiger Form, eingebettet sind. Vielfach ist indessen an diesen Zellenhaufen keine bestimmte Form und Anordnung mehr wahrzunehmen, sie bilden dann ganz unregelmässige grosse Körper, die sich scharf vom bindegewebigen Stroma abheben. Die Zellen in ihnen sind dieselben, welche auch die ausdrückbaren Massen zusammensetzen. Wahrscheinlich haben sich die carcinomatösen Körper aus den Drüsen der Cervikalportion entwickelt. Dem ganzen Befunde nach lässt sich die Neubildung als Carcinoma glandulare portion. vagin. bezeichnen.

Das Kind befand sich bis zum 14. November anscheinend ganz wohl, jedoch in der Nacht zum 15. November starb es unter den Erscheinungen des Trismus und Tetanus. Sein Gewicht betrug 4 Pfund 18 Loth, die Länge 49 Ctm., der grade Durchmesser des Kopfes war $= 10\frac{1}{2}$, der schräge $= 12$, der quere $= 8\frac{1}{2}$ Ctm.

Bei der Section ergab sich ein kleines Cephalhämatom auf dem linken Stirnbein, Bluterguss in die hintere Schädelgrube, Pleuritis dextra und Pericarditis, Lymphthrombose der rechten Lunge und des Zwerchfelles, zahlreiche Ecchymosen in den Lungen, in der rechten kleine pneumonische Heerde. Ausserdem noch Perisplenitis, Diphteritis osophagi und Harnsäureinfarkt.

Vergleichende Kritik der verschiedenen Operationsverfahren.

Wenn wir die beiden mitgetheilten schweren Geburtsfälle einer epikritischen Betrachtung unterziehen und die dabei angewandten Heilverfahren in Bezug auf Verlauf und Ausgang vergleichen, so ist der erste Fall für eine zu treffende Entscheidung insofern wenig maassgebend, als der eingeschlagene Weg der künstlichen Geburtbeschleunigung durch die obwaltenden Verhältnisse absolut geboten war, und an einen andern nicht gedacht werden konnte. Die Geburt erfolgte vor dem normalen Ende der Schwangerschaft, das Wasser ging vorzeitig ab, es trat intrauteriner Fruchttod ein, alles in einem kurzen Zeitraume, in dem bei günstigem Fortgange der Geburt, Eröffnung des Muttermundes ein operatives Eingreifen in keiner Weise indicirt war. Man hätte beim Eintritt der ersten Wehen an den Kaiserschnitt denken können. Allein da das nicht ausgetragne wahrscheinlich nicht sehr lebensfähige Kind für den Erfolg einer so schweren Operation wenig genügende Garantie bot, und ein Durchtritt des noch nicht ausgewachsenen Kopfes durch den sich öffnenden Muttermund im Vergleich zu einem normalen Schädel relativ leicht schien, so musste von dieser Operation abgesehen werden. Eventuell konnte man sie auch im Laufe der Geburt machen, wenn die Naturkräfte zu ihrer Beendigung nicht hingereicht hätten, da der schleichende Wasserabgang und der plötzliche Fruchttod nicht vorauszusehen war. Jedenfalls war die Extraction unter diesen Verhältnissen und bei dem Aufstehen des Steisses indicirt, und auch der ungünstige Ausgang kann uns nicht zu dem Wunsche bestimmen, dass lieber eine andere Methode eingeschlagen worden wäre. Allein die Schwierigkeit der Extraction geht aus diesem Falle evident hervor, und dies ist von hoher Wichtigkeit, wenn die Umstände nicht so dringend auf die genannte Operation hinweisen, sondern wenn auch die Anwendung der übrigen in Frage kommt. Es waren hier alle Vortheile geboten, die eine Extraction nur begleiten können. Das Kind war todt und hatte man keinerlei Rücksicht auf dasselbe zu nehmen, dabei war es nicht ausgetragen, bedurfte keiner so bedeutenden Erweiterung der Geburtswege, war schon macerirt und konnte sich deshalb der Gestalt der zu passirenden Gebilde leichter configuriren. Das Abreissen des Kopfes war eher als ein glücklicher Zufall zu betrachten, da man danach freier manipuliren konnte und der macerirte Körper ohnehin keinen genügenden Angriffspunkt für die Zugkraft geboten hätte. Trotzdem war der kleine, nachgiebige, nach der Geburt walzenförmige Kopf nicht durch den ihn einschliessenden Ring der carcinomatösen Massen hindurch zu bringen, und erst die Perforation musste das Gelingen herbeiführen. Dabei wurde natürlich durch das fortwährende Manipuliren mit

Händen und Instrumenten und durch die Versuche, den Kopf zu lösen, das kranke Gewebe in hohem Grade gequetscht und losgerissen, und die zurückbleibenden Theile einem schnellen fauligen Zerfall ausgesetzt. — Wäre das Kind ausgetragen gewesen, so hätten sich begreiflicher Weise die Schwierigkeiten beträchtlich gesteigert. Wenn man bedenkt, welche Mühe das Lösen der Arme und die Entwickelung des Kopfes im Verlaufe der Extraction bei normaler Beschaffenheit der Geburtswege macht, so wird man zugestehen müssen, dass im gegebenen Falle wahrscheinlich der ganze Cervix vom Uterus losgerissen wäre und diese Läsion das Leben der Mutter im höchsten Grade gefährdet hätte.

Bei der zweiten von mir erzählten Geburt kamen eine ganze Reihe von Operationen zur Anwendung, Abtragung der vergrösserten Muttermundslippe, Einschnitte in den Cervix, Anlegen der Zange an den Kopf in Utero, Incisionen in den Damm. An die Wendung konnte bei der festen Einkeilung des Kopfes nicht gedacht werden, und selbst wenn sie gemacht worden wäre, hätte der darauf folgenden Extraction in Rücksicht auf den vorher mitgetheilten Fall eine sehr ungünstige Prognose gestellt werden müssen. Jedoch schon die Wendung an und für sich ist ein gefährlicher Eingriff. Der Einführung der Hand werden die rigiden Massen einen beträchtlichen Widerstand leisten, der nur mit Gewalt überwunden werden dürfte. Auch die schonendste Anwendung derselben muss zu Quetschung und Zerreissung des kranken Gewebes führen und Verjauchung desselben zur Folge haben. Selbst wenn die Hand relativ leicht in den Uterus gelangt sein sollte, wird die Umdrehung des Kindes in den meisten Fällen nicht leicht sein. Der durch den Widerstand von Seiten des unnachgiebigen Cervix gereizte, vom Fruchtwasser entleerte Uterus wird sich eisenfest um das Kind und die eingeführte Hand legen und wollte man nur die leiseste Gewalt anwenden, so würde eine Ruptur des gewiss nicht mehr ganz normalen Uterus in hohem Grade zu befürchten sein.

Incisionen in den Cervix sind vielfach und auch mit Glück versucht worden. So incidirte Spiegelberg in dem schon vorher erwähnten, von ihm in der Monatsschrift für Geburtskunde beschriebenen Falle, und zwar führte er vier Schnitte, denen er die Application der Zange an den Kopf. in utero folgen liess und damit ein für Mutter und Kind günstiges Resultat erzielte. Die Kranke starb $10^1/_2$ Monat nach der Geburt. Ohne Zweifel sind Incisionen in den Muttermund in den Fällen, wo die Degeneration verhältnissmässig noch keine grossen Fortschritte gemacht hat, wo sich der Muttermund zu öffnen beginnt und nur nicht die nöthige Grösse erreicht, den eingreifenderen Operationen vorzuziehen. Doch sind auch sie nicht ohne Gefahr. Erstens steht ein Weiterreissen bis in den Uterus-Körper hinein zu befürchten. Dann dringt der Schnitt in der Regel bis in gesundes Gewebe, Verklebung findet nicht statt, wie die Thatsachen beweisen, und es ist daher die Möglichkeit geboten, dass Jauche in Blut- und Lymphgefässe aufgenommen wird, und die bekannten Zufälle der Ichorämie erzeugt. Ferner hat man zu beachten, dass das Bauchfell von der hinteren Uteruswand bis über den Anfang der Scheide hinabreicht. Es könnte also bei zu ergiebigen Schnitten, namentlich wenn die hintere Muttermundslippe mit der Vagina verklebt ist, die Bauchhöhle geöffnet werden, und die eindringende Luft und Jauche müsste eine tödtliche Peritonitis zur Folge haben. Alle diese Uebelstände lassen sich bei einiger Vorsicht mehr oder weniger vermeiden, namentlich wenn man einen grösseren Einschnitt durch mehrere kleinere ersetzt. Es müssen deshalb Incisionen in den Fällen empfohlen werden, wo der Muttermund sich zu öffnen anfängt, und die Geburtwege durch die Neubildung noch nicht in dem Maasse verlegt sind, dass nach den Einschnitten noch andere schwere Operationen, wie Wendung, Extraction, Perforation nothwendig werden müssten. Das in diesem Falle einzuschlagende Verfahren soll gleich näher besprochen werden.

Aus dem schon Mitgetheilten geht hervor, dass die complicirenden Umstände manchmal auf ein bestimmtes Verfahren der künstlichen Geburtsvollendung hindeuten, z. B. auf Incisionen, oder auf Extraction, wie bei der zuerst erzählten Krankengeschichte. Ist aber der Zerfall so bedeutend und weitgreifend, dass eine Ruptur zu befürchten ist, versperrt eine vergrösserte Muttermundslippe den Weg in dem Grade, dass nach ihrer doch immer nur theilweisen Abtragung noch andere Operationen, als Incisionen, Application der Zange, Perforation, Extraction voraussichtlich nothwendig werden dürften, oder ist die ganze Scheide krebsig infiltrirt, dann liegen die Verhältnisse ganz anders. Dann handelt es sich um die Entscheidung, ob man die Geburt durch die natürlichen Geburtswege zu Ende führen, oder ob man nicht lieber den Kaiserschnitt anwenden soll. Unter diese Kategorie ist die zweite vorher erzählte Krankengeschichte zu rechnen. Hier überschritt die Degeneration den innern Muttermund nicht, es war Hoffnung vorhanden, dass nach Abtragung des grössten Theils der vorderen Lippe eine natürliche Eröffnung des Muttermundes stattfinden werde, die Frucht schien wenig lebensfähig, und man glaubte somit mit vollem Recht, von einer so eingreifenden Operation als der Kaiserschnitt ist, abstehen zu müssen. Der Erfolg war ein ungünstiger, allein er kann nicht entscheiden. Vielmehr müssen die Vorzüge und Nachtheile beider Operationsverfahren sorgfältig gegen einander abgewogen werden, wenn man zu einem berechtigten Urtheil über ihre Zweckmässigkeit kommen will. —

Die Perforation hat vor allen Dingen den grossen Nachtheil, dass sie das Leben des Kindes ohne Weiteres verloren giebt, während es meiner Ansicht nach die Hauptaufgabe des Arztes ist, grade das kindliche Leben zu erhalten. Ist das Uebel schon so weit fortgeschritten, dass eine Wahl zwischen Perforation und Kaiserschnitt zu treffen ist, so hat die Mutter voraussichtlich nur noch kurze Zeit zu leben, das Kind dagegen kann vollkommen lebensfähig sein. Man könnte letzteren Punkt in Zweifel ziehen und sich auf die von West angeführte Zusammenstellung stützen, nach der weit mehr Kinder starben als Mütter. Allein ich glaube, dass die hohe Mortalität der Kinder weniger auf Kosten ihrer Lebensfähigkeit, als auf das schwere Geburtsverfahren und die dabei nothwendigen, das Leben der Kinder oft direct bedrohenden Operationen zu setzen ist und ich glaube, es wird nur eines Hinweises auf die beiden geschilderten Geburten bedürfen, um in einem Jeden gleiche Ueberzeugung zu erwecken. Ausserdem müsste, wenn wirklich der carcinomatöse Process einen erheblichen Einfluss auf das Kind ausübte, eine noch grössere allgemeine Sterblichkeit derselben stattfinden, besonders müsste frühzeitiger Fruchttod häufiger sein und sich Krebsmetastasen an den Kindern finden, was wohl nur zufällig einmal beobachtet ist. Wenn ich auch den Einfluss der mütterlichen Kachexie auf das Kind nicht in Abrede stellen will, so ist doch nicht einzusehen, warum nicht eine mit Krebs behaftete Frau eben so lebensfähige Kinder gebären sollte, als eine tuberkulöse.

Es wirft sich nun die Frage auf, ob der eben erwähnte grosse Uebelstand der Perforation durch erhebliche Vortheile aufgewogen wird, welche er für die Mutter mit sich bringt. Die Antwort darauf muss entschieden verneinend lauten. Die bedeutenden Quetschungen und Zerreissungen der Krebsmassen, welche beim Durchtritt des normalen Kopfes stattfinden, werden beim perforirten eher gemehrt als gemildert. Die Verkleinerung des Umfangs kommt weit weniger in Betracht, als die grossen Nachtheile, welche die scharfen Zacken der Perforationsstelle namentlich bei nachfolgendem Kopfe und die Manipulationen mit dem Instrumente durch die beträchtlichen Läsionen der Geburtswege im Gefolge haben. Kann der Kindskopf überhaupt noch den innern Muttermund und die übrigen Geburtswege passiren, so wird der durch die Perforation erzielte geringere Umfang diese Pasage nur wenig erleichtern, vielmehr wird auch der intakte Kopf bei längerer Geburtsarbeit und einiger Nachhilfe der Kunst durch Incisionen geboren werden können. Die erste von mir erzählte Geburtsgeschichte, wo der an und für sich kleine Kopf doch noch perforirt werden musste, um entwickelt werden zu können, liefert gar keinen gegentheiligen Beweis. Hier war durch die Umstände die Extraction indicirt, und da diese die Perforation im Gefolge hatte, so musste man sie nolens volens machen. Wären die Umstände günstiger, das Kind lebend und ausgetragen gewesen, so hätte man sich die Frage stellen müssen, ob ein Durchtritt des Kopfes durch die Geburtswege überhaupt noch möglich wäre und man hätte vielleicht lieber zum Kaiserschnitt gegriffen.

Die Perforation an einer gesunden Kreisenden wird Allgemeinen als ein leichterer Eingriff betrachtet, als der Kaiserschnitt. In der breslauer Klinik wurde deshalb, wenn wegen zu bedeutender Beckenenge bei sonst normalen Schwangeren beide Operationen in Frage kamen, stets die Perforation gewählt, allein die Resultate dieser Wahl waren äussers ungünstig. Es wurden dabei mehr Menschenleben eingebüsst, wenn man die Zahl der von vornherein aufgegebenen Kinder zu der die Mortalität der Mütter bezeichnenden Zahl addirt, als man bei Anwendung des Kaiserschnitts verloren haben würde, gemäss einer nach dem Procentsatz der Mortalität desselben angestellten Berechnung. Der Einwurf, dass diese ungünstigen Resultate der Perforation eben durch den Verlust der Kinder bedingt seien, ihr Leben aber dem der Mutter nicht gleichgestellt werden dürfe, kann hier keine Geltung finden. Hier ist das Leben der Mutter verfallen, die Erhaltung des Kindes muss also die Hauptaufgabe des Arztes sein. Die schlechten Erfolge der Perforation werden oft damit entschuldigt, dass die Operation an und für sich gefahrlos sei, und dass nur die begleitenden Umstände die Schuld des ungünstigen Ausgangs trügen. Allein dadurch ändert sich die Prognose nicht, denn diese Umstände sind eben immer vorhanden. Wenn das Kind noch lebt, die Mutter nicht zu sehr angegriffen und noch irgend welche Hoffnung vorhanden ist, dass der Kopf das Becken passiren

kann, wird es Niemandem einfallen zu perforiren. Wie viel
weniger in dem gegebenen Falle einer Complication mit
Carcinom, wo das Kind der einzig lebensfähige Theil ist.
So lange es nur lebt, wird man einzugreifen zögern in der
Hoffnung auf normale Beendigung der Geburt, aber dies
Zögern wird die Perforation nicht beseitigen, die Mutter
indess äusserst erschöpfen und sie den sicher folgenden
Wochenbetterkrankungen leichter erliegen lassen.

Denn hat man perforirt und die Geburt durch Extraction
an den Füssen oder mit scharfen Haken oder Applikation
der Zange beendet, so hat man zugleich die kranken Theile
in ausgedehntem Maasse zerquetscht und zerrissen. Das
mortificirte Gewebe stösst sich brandig ab und verjaucht,
und mit der Jauche kommt die entblösste Schleimhaut des
Uterus und die zahlreichen Erosionen der Vagina in directe
Berührung. Nach einer so schweren Entbindung stellt sich
bei sonst gesunden Geburtswegen fast stets eine heftige
Endometritis ein. Hier dürfte dies ausnahmlos geschehen
und Ichoraemie nicht lange auf sich warten lassen. Es
treten alle Erscheinungen einer tiefen Blutalteration ein,
kleiner äusserst frequenter Puls, vermehrte, mühsame Respiration, tiefe Prostration des Nervensystems, Somnolenz,
facies hippocratica, und dies setzt dem Leben der er-
schöpften Mutter ein schnelles Ende.

Es ist nun die Perforation bei sonst schweren, mit
Carcinom des Collum uteri complicirten Geburten nicht
immer nothwendig, sondern sie kann wie bei dem zweiten
oben geschilderten Geburtsverlaufe durch Abtragung des
hindernden Tumors, Incisionen und Anlegung der Zange
ersetzt werden. Dieser Methode lässt sich allerdings nicht
der Vorwurf machen, dass sie das Leben des Kindes
direct vernichtet, in praxi dürfte sie jedoch der Perforation
vollkommen gleichzustellen sein. Der Geburtshelfer wartet
zuerst die etwaige Eröffnung des Muttermundes ab, wäh-
renddem erfolgt in der Regel vorzeitiger Abfluss des
Fruchtwassers. Die Wehen sind heftig, der Muttermund
giebt nicht nach, und dieser Umstand ist schon für das

Leben des Kindes misslich und verlangt schnelle Beendigung der Geburt. Nun erfolgt die Abtragung des Tumors,
es wird wieder gewartet, ob sich der Muttermund nicht
von selbst öffnet, und erst, wenn dies nicht geschieht, zu
Incisionen geschritten. Womöglich verfährt man auch jetzt
noch exspectativ, in der Hoffnung, dass die Naturkräfte
die Austreibung des Kopfes besorgen werden, und legt
endlich den Forceps an, um durch mühevolle, lange dauernde
Tractionen die Geburt zu Ende zu führen. Diese Reihe
von Operationen, die dabei nöthigen sorgfältigen Unter-
suchungen, die Berathungen über das einzuschlagende Verfahren, das Hin- und Herschaffen der Kreisenden vom Bett
auf den Operationstisch, das Chloroformiren u. s. w. nehmen so viel Zeit in Anspruch, dass das Kind in vielen
Fällen inzwischen aus mangelnder Aëration gestorben sein
wird. Oder sein Leben wird so invalidirt, dass es bald
nach der Geburt auftretenden Krankheiten unterliegt, deren
Keim gewiss schon während der Entbindung selbst ent-
standen ist. Das Loos der Kinder ist also bei diesen
combinirten Methoden, die noch dazu oft die Perforation
als letztes Hilfsmittel nothwendig machen, kaum ein anderes,
als bei der letztgenannten Operation, und dass die Mutter
ganz ebenso gefährdet ist, scheint mir keines Beweises zu
bedürfen. Es handelt sich nun um die Entscheidung, ob
es diesen Uebelständen gegenüber nicht angemessen wäre,
den Kaiserschnitt anzuwenden, obwohl dieser in neuerer
Zeit so sehr in Misscredit gekommen ist.

Wenn wir die Statistiken des Kaiserschnitts zu Rathe
ziehen, so begegnen wir sehr widersprechenden Resultaten,
seine Vertheidiger haben mit Vorliebe die glücklichen, seine
Gegner die unglücklichen Fälle gesammelt. Doch scheint
eine Mortalität von 64 pCt., also mindestens von zwei dritteln
der Operirten der Wahrheit am nächsten zu kommen, und
bei carcinomatösen Frauen dürfte sie sich wenigstens der
Theorie nach noch höher stellen, denn Beweise dafür existiren
bis jetzt noch nicht. Dem gegenüber haben die mit Krebs
des Collum uteri complicirten Geburten, welche ohne Er-

öffnung der Bauchhöhle zu Ende geführt wurden, nach West allerdings den niedrigeren Procentsatz von 55 Todesfällen. Allein man darf nicht übersehen, dass in diesem relativ günstigen Resultate auch die leichteren, wahrscheinlich zahlreicheren Fälle inbegriffen sind, welche durch Incisionen und höchstens noch Anlegung der Zange behandelt wurden und manche wohl, die gar kein Carcinom waren. Würden nur die Geburten zusammengestellt, welche Abtragung des Tumors, Anwendung der Perforation oder Extraction, noch nachträgliche Application des Forceps, kurz alle diese schweren Manipulationen verlangten, die doch allein mit dem Kaiserschnitt concurriren können, so würde sich gewiss eine nicht minder hohe Mortalität herausstellen, als bei der zuletzt erwähnten Operation. Demungeachtet muss ein unbefangener Beurtheiler zugestehen, dass die Sectio caesarea für die Mutter nicht weniger gefährlich ist, als die Perforation. Es wird wenig Neigung zur Prima intentio da sein, die Schnittfläche des Uterus wird eitern, es muss sich Eiter in der Bauchhöhle ansammeln und derselbe wird keine besonders gute Beschaffenheit haben; auch kann die cachectische Mutter einer etwa auftretenden Peritonitis weniger Widerstand entgegensetzen, als eine gesunde. Doch dürfte der letztere Uebelstand dadurch aufgewogen werden, dass man den Kaiserschnitt bei einer Krebskranken bei Zeiten macht, wenn man einmal entschlossen ist, ihn der Perforation vorzuziehen, während man bei einer Gesunden gern so lange wie möglich zögert, häufig erst andere Manipulationen versucht, und auf diese Weise die Kreisende äusserst erschöpft. Diese Erschöpfung dürfte einer auftretenden Peritonitis gegenüber ebenso misslich sein, als die Krebscachexie, und das Verhältniss von gesunden und krebskranken Operirten in dieser Hinsicht nicht wesentlich verschieden sein. Auch wird die Zukunft die Aufgabe haben, durch Verbesserung des operativen Verfahrens günstigere Erfolge zu erzielen und namentlich durch möglichst vollständigen Abschluss der Luft die Wundflächen in gutem Zustande zu erhalten. In dieser Hinsicht ist die Section belehrend, welche vor kurzem in der hiesigen geburtshilflichen Klinik an einer nach dem Kaiserschnitt gestorbenen Wöchnerin gemacht wurde. Als die Operation an ihr vollzogen wurde, hatte sie schon eine mehrtägige schwere Geburtsarbeit nach frühem Abfluss des Fruchtwassers durchgemacht und war äusserst collabirt. Trotzdem befand sie sich in den ersten Tagen des Wochenbetts wohl, und man glaubte schon auf Genesung hoffen zu dürfen, als sich plötzlich Zeichen der Toxämie einstellten und das tödtliche Ende nach acht Tagen herbeiführten. Bei der Section ergab sich nun, dass nur die Stelle der Uterus-Schnittwunde verjaucht war, welche dem unteren nach altem Usus zum freien Abfluss des Eiters offen gelassenem Theil der Bauchwunde gegenüber lag.

Es scheint danach von Vortheil, die Bauchwunde vollkommen zu schliessen. Man wird dann allerdings Eiter im Abdomen haben, aber er wird von guter Beschaffenheit sein. Das Offenlassen des unteren Wundwinkels kann eine Eiteransammlung in der Bauchhöhle auch nicht ganz verhüten, und die Eiterung muss natürlich durch den Zutritt der Luft bald einen sehr malignen Charakter annehmen. Kurz die operative Technik der Hysterotomie ist einer hohen Vervollkommnung fähig und wird hoffentlich noch schöne Triumphe feiern.

Nachdem ich die gefährlichen Folgen des Kaiserschnitts hoffentlich vom unparteiischen Standpunkte aus gebührend hervorgehoben habe, muss ich schliesslich noch einmal seines bisher so sehr unterschätzten Vortheils gedenken. Wie ich schon vorher angedeutet habe, rettet er das Kind, wenn er zur rechten Zeit gemacht wird und nicht besonders ungünstige nicht vorauszusehende Complicationen vorhanden sind. Was dies zu bedeuten hat, gegenüber dem durch die maligne Neubildung auf alle Fälle verlorenen Leben der Mutter, habe ich schon früher auseinander gesetzt. Diese Thatsache kann keiner seiner Gegner streitig machen, und da er ausserdem für die Mutter nicht gefährlicher ist, als die Perforation und die ihr verwandten schweren Methoden, so verdient er meiner Ansicht nach den Vorzug vor diesen. Selbst wenn ich zugestehen wollte, dass er für die Mutter eine ungünstigere Prognose bietet, als jene, so würde ich doch bei dieser Ansicht stehen bleiben. Denn was nützt es,. wenn man einige Chancen mehr hat, das Leben der Mutter noch wenige Monate zu fristen, während man dabei alle Kinder verliert!

Ich möchte nun nicht als specieller Liebhaber des Kaiserschnittes erscheinen und denselben bei allen durch Krebs des Gebärmutterhalses complicirten Geburten angewendet wissen. Ich habe schon vorher erwähnt, dass man in vielen Fällen, wo die eine Muttermundslippe nur wenig vergrösset und die andere gesund ist, oder wo der Zerfall noch keinen bedeutenden Umfang erreicht hat und· der Muttermund sich zu öffnen beginnt, mit Incisionen resp. mit folgender Application der Zange auskommen wird. Oeffnet sich aber der Muttermund gar nicht und wäre Abtragung eines grossen Tumors nöthig mit der ganzen Reihe der folgenden Operationen, oder ist der Zerfall so beträchtlich, dass ein Weiterreissen von etwaigen Incisionen droht, oder ist endlich die ganze Scheide krebsig entartet, dann wird es vortheilhaft sein, den Kaiserschnitt allen andern Methoden vorzuziehen, im Falle das Kind ausgetragen und seine Lebensfähigkeit durch die vorangegangene Geburtsarbeit noch nicht zweifelhaft geworden ist. — Allein wenn auch der Arzt zu dieser Operation rathen muss, so wird doch die Mutter stets die letzte Instanz bilden und ihre Entscheidung für das einzuschlagende Verfahren maassgebend sein. —

Oldham ist in neuerer Zeit der Einzige, der die Sectio caesarea unter den genannten Verhältnissen ausgeführt hat, und zwar mit glücklichem Erfolge. Vielleicht wäre es öfter geschehen, wenn nicht zum Troste der Frauen diese furchtbare Complication der Geburt so selten wäre, oder wenigstens nicht immer so eingreifende Operationen verlangte. Allein ich glaube doch, dass sich die von mir ausgesprochene, von meinem hochverehrten Lehrer Herrn Medicinalrath Spiegelberg aufgestellte Ansicht Bahn brechen wird und dass bei der Verbesserung der Technik durch die Anwendung des Kaiserschnittes ebenso günstige Resultate zu erzielen sein werden, als es bei der noch bedenklicheren Ovariotomie theilweise schon geschehen ist. Es werden dann ganz gewiss mehr Kinder gerettet werden und hoffentlich wird die Zukunft lehren, dass auch das Leben der Mütter durch diese vielleicht mit Unrecht so schlecht accreditirte Operation nicht mehr bedroht wird, als durch die bisher üblichen Verfahren.

Schliesslich kann ich nicht umhin, meinem hochverehrten Lehrer, dem Herrrn Medicinalrath Prof. Dr. Spiegelberg, für seine bereitwillige, gütige Unterstützung bei dieser Arbeit meinen ebenso ehrerbietigen als tiefgefühlten Dank abzustatten.

Thesen.

1. Gegen Neuralgien ist die Neurectomie das beste Heilmittel.
2. Beim Croup ist die Tracheotomie so zeitig als möglich zu machen.
3. Eine noch nicht menstruirte Frau kann concipiren.
4. Das beste Pessarium ist ein einfacher Kautschukring.
5. Das Studium der Geschichte der Medicin ist für den Arzt nicht blos von Interesse, sondern auch von Nutzen.

Der Verfasser, geboren am 23. November 1845 zu Breslau, evangelischer Confession, besuchte das Elisabeth- und Magdalenen-Gymnasium zu Breslau, und verliess das letztere Ostern 1864 mit dem Zeugniss der Reife. Im April desselben Jahres bei der medicinischen Facultät der hiesigen Universität durch den damaligen Decan, den seel. Herrn Prof. Dr. *Betschler* immatriculirt, hörte er während des Quadriénniums Collegien und besuchte die praktisch-medicinischen Uebungen der folgenden Herren Professoren und Privatdocenten: *Auerbach, Barkow, Cohn, Finkenstein, Förster, Grosser, Haeser, Heidenhein, Klopsch, Lebert, Löwig, Marbach, Middeldorpf, Spiegelberg, Voltolini, Waldeyer.* —